KB109078

희지의 세계

희지의 세계

황인찬 시집

민음의 시 214

민음사

나는 믿는다.

그것이 없다는 것을 알기에 더욱 믿는다.

2016년 11월에 다시,

황인찬

차 례

1부 실존하는 기쁨

2부 머리와 어깨

3부 이것이 시라고 생각된다면

1부
실존하는 기쁨

멍하면 멍

멍하면 멍 짖어요
내가 좋아하는 나의 작은 새가요

잘못했어요 내가 다 잘못했어요

시에는 개나 새가 나오고 무슨 개고 무슨 새인지는 알기가 어렵고
그건 누구 잘못인지 모르지만 다 잘못했어요

풍경이 풍경을 반성하고
곰팡이 곰팡을 반성하고

그렇게 모두가 다 잘못했어요

그러면 멍 짖어요
내가 좋아하는 나의 작은 새가요

시에서는 누가 죽고 누가 울고 모두 다 잘못했어요

내가 잘못했어요 잘할 수도 있는데
안 그랬어요

반성하는 의미에서 멍 짖어요
내가 좋아하는 나의 작은 새가요

새가 시라는 은유는 몰라요 시가 개라는 은유도 몰라요
누군가 시를 쓴다면 그건 그냥 시예요

누군가 새를 썼더니 새는 날고 울다 천 리를 날아
시가 되어 앉았다는 고사가 있는지 없는지 모르겠지만

멍하면 멍 짖어요
내가 좋아하는 나의 작은 새처럼요

잘할 수도 있지만 잘못하기로 했어요
그냥 멍 짖어요

내가 좋아하는 나의 작은 새가요

자꾸 멍하면 좋아요 아주 좋아요

새로운 경험

어린 새가 가지에서 떨어진 것을 올려 주었다 가지 위의 새들이 다 날아갈 것을 알면서도

그러나 이 시는 사랑에 대한 시는 아니다
어둠이나 인간 아니면 아름다움에 대한 것도

어린 새는 조금 혼란스러워 보인다 그러다 곧 날아가겠지 그렇게 생각하는 동안 해가 진다

지난밤엔 너 참 인간적이구나, 그런 말을 들었는데
그래도 널 사랑해, 그렇게 말해 주었다

이 시는 슬픔에 대한 시는 아니다 저녁의 쓸쓸함이나 새의 날갯짓 아니면 이별 뒤의 감정에 대한 것도

"미안, 늦을 것 같아 어디 따뜻한 데 들어가 있어"
누군가 말하는 것이 들려왔고

갑자기 가로등에 불이 들어왔다
혹시 누가 보고 있나 둘러봐도 아무도 없다

희지의 세계

저녁에는 양들을 이끌고 돌아가야 한다

희지는 목양견 미주를 부르고
목양견 미주는 양들을 이끌고 목장으로 돌아간다

이러한 생활도 오래되었다

무사히 양들이 돌아온 것을 보면
희지는 만족스럽다

기도를 올리고
짧게 사랑을 나눈 뒤

희지는 저녁을 먹는다

초원의 고요가 초원의 어둠을 두드릴 때마다
양들은 아무 일 없어도 메메메 운다

풍경이 흔들리는 밤이 올 때

목양견 미주는 희지의 하얀 배 위에 머리를 누인다

식탁 위에는 먹다 남은
익힌 콩과 말린 고기가 조용히 잠들어 있다

이것이 희지의 세계다

희지는 혼자 산다

서정

"저 나무 좀 봐"
거대한 나무를 가리키며 그 애가 말했다

그것은 끝이 보이지 않는 나무였다 무수히 뻗어 나온 가지와 잎들이 일대를 완전한 어둠으로 뒤덮고 있었다 어디서 솟아난 것일까 저렇게 큰 나무는 본 적이 없다 그 애의 팔이 자꾸 내 몸에 닿는 것이 신경 쓰인다

팔월의 열기도 나무의 어둠 아래로는 미치질 않았다

"이곳은 누가 선이라도 그어 놓은 것처럼
캄캄한 것과 환한 것이 나뉘어 있구나"

그 애가 말할 때, 나는 바닥에 떨어진 나뭇잎 하나를 집어 들었다 그 애로부터 멀어지려고 그랬다 나뭇잎이 이렇게 섬세하고 무엇인가 잔뜩 돋아나서 징그럽다는 것을 그 전엔 왜 몰랐을까

오늘은 그 애가 할 말이 있다고 해서 나온 것인데, 나에

게 해 주고 싶은 말이 있다고 그 애는 말했는데, 그 애는 아무런 말도 해 주질 않고

그 애는 어째서 나를 이 깊은 산속으로 데려왔을까 모든 것이 알 수 없는 일이었지만, 알 수 없는 모든 것이

나쁘지 않다

나의 마음은 기묘하게 뒤틀려 가고 있었으나 점차로 모든 것이 명료하였다 아무런 소리가 들리지 않는 이곳에는 우리 두 사람뿐이구나

그러한 생각에 도달했을 때,

우리는 나무 아래 완전한 어둠 속에 있었다 그 애의 팔이 내 몸을 감싸 안은 채였다

"너에게 해 주고 싶은 말이 있어"
그 애가 말했다

명료하게

미지근한 그 애의 체온이 내게로 전해져 오고 있었다

종로일가

새를 팔고 싶어서 찾아갔는데 새를 사는 사람이 없었다
새는 떠나고 나는 남았다

물가에 발을 담그면
죽이고 싶다는 생각이 죽고 싶다는 생각보다 먼저 든다

종치는 소리가 들리면

새가 종에 부딪혔나 보다
하는 생각이 지워진다

할아버지,

하고 아이가 부르는데 날 부르는가 해서 돌아보았다

실존하는 기쁨

그는 자꾸 내 연인처럼 군다 이럴 땐 어떻게 해야 할지 모르겠다 그래서 그와 팔짱을 끼고 머리를 맞대고

가만히
오래도록 앉아 있었다

아는 사람을 보았지만 못 본 체했다 그래야 할 것 같았지만 확신은 없다

아파트 단지의 밤

가정의 빛들이 켜지고 그것이 물가에 비치고 있다 나무의 그림자가 검게 타들어 가는데

이제 시간이 늦었다고 그가 말한다
그는 자꾸 내 연인 같다 다음에 꼭 또 보자고 한다

나는 말없이 그냥 앉아 있었고

어두운 물은 출렁이는 금속 같다 손을 잠그면 다시는 꺼낼 수 없을 것 같다

두희는 알고 있다

공원을 헤매는 작은 다람쥐는 지난여름 묻어둔 도토리를 찾는다 거기에 기쁨은 없다 바글대는 잉어 떼에게 먹이를 던지면 흰색, 붉은색, 노란색, 검정색이 모두 첨벙거리며 뒤섞이고 그것은 일종의 장관을 이룬다

어두운 수풀 속에서 사랑을 나누는 사람들은 이것이 잘못된 일이라는 것을 알기에 더욱 사랑한다 아이스크림을 쥔 아이가 넋 나간 얼굴로 그 옆을 걷는다 자신이 무슨 일을 저질렀는지도 알지 못하는 채로

때로 일이 잘 풀릴 때도 있다 사람들은 그것을 하느님이 도우셨어, 라고 말한다 갑자기 비가 내린다면 물가의 망초들이 자라겠지 망초들은 생각 없이 자란다 그것들은 꽃이 작고 많다 거의 사람만 하다

그러나 어떤 것도 잘못되지는 않았다
잘못은 아니다

새들이 전선 위에 줄지어 앉아 있다 어떤 사람들은 새들

이 무엇인가를 알고 있다는 생각을 한다 그러나 그것은 사실과 다르다 그래도 새들은 이곳을 내려다보고 하늘은 점점 어둡다

그리고 폭우다
비가 엄청나게 쏟아져 내린다

아이가 집에 들어온 것은 비가 쏟아지기 직전의 일이다

성철아, 손부터 씻어라 비가 오기 전에 들어와서 참 다행이야 하느님이 도우신 거야

바깥의 것들이 물에 휩쓸려 가는 동안, 엄마는 말한다

조물

주말의 공작 시간이다

교실의 다른 아이들은 열심히 무언가를 만들고 있다 오래된 물건에는 귀신이 붙는대 지점토와 고무찰흙, 나무젓가락, 방금 만든 이것에도 혼이 깃들기를 나는 바라고

선생님은 혼이 빠져나간 것처럼 졸고 계신다

다른 아이들은 무언가를 열심히 만들고 있는데 아무것도 하지 않는 너 몰래 사온 빵과 음료를 먹고 있는 너 그런 너를 위해서 만든 것이다 이 작은 물건은

기다리는 것이다 영혼을 얻을 때까지

어떤 혼은 돌아오지 않고 어떤 혼은 깃들지 않는 교실 안에서 시간이 자꾸 흘러 애들이 죽고, 살아 있던 내가 만든 작은 물건을 믿을 수 없게 커져 버린 그 피조물을

죽어 버린 나 자신이 보고 있었다

그렇다면 너는 지금 어디에 있지? 혼을 잃은 선생님과
죽은 애들 사이에 여전한 모습으로 네가 있었고

차가운 캔 음료를 얼굴에 대며, 이제 살 것 같다고
너는 말한다

비의 나라

마른 그릇들이 부엌에 가지런히 놓여 있을 것이다 찬장에는 말린 식재료가 담겨 있을 것이다 식탁에는 평화롭게 잠든 여자가 있을 것이고

"상황이 좀 나아지면 깨워 주세요"
그렇게 적힌 쪽지가 있을 것이다

여행에서 돌아온 너는 이 모든 것이 옛날 일처럼 여겨질 것이다 밝은 빛이 부엌을 비추고 있고, 먼지들이 천천히 날아다닐 것이다 그런 평화가 찾아오는 것이다

무슨 일이 여기에서 일어났는지
너는 모를 것이다 선하고 선량한 감정들이 너의 안에서 솟아오를 것이다

기쁨 속에서 너는 국을 끓일 것이다 멸치와 다시마를 넣고 국물을 우려낼 것이다 흰쌀밥에서 흐린 김이 피어오를 것이다

그리고 모든 것이 완벽하다고 느껴질 때, 너는 무심코 만지는 것이다
평화롭게 잠든 사람의 부드러운 볼을

너는 흠뻑 젖어 있다
너는 돌아오지 않을 것이다

태생

수박 밭에는 크고 둥근 수박이 한가득이고 죽은 사람이 아직 없는 오전이었다

물이 많은 것이 몸에도 좋다고

비닐하우스로 사람이 들어가는 것을 보았다 안에서 무얼 하는지 잘 보이지 않는다

한참을 기다려 보았다

오전인데 아직도 죽은 사람이 없군 마른 흙 위로 아지랑이만 공연히 돌고 있었다

나는 비애도 공포도 느껴지지 않는
수박밭에 서 있었다

머지않아 비닐하우스의 문이 열렸다

선생님,

여기서 무언가가 태어날 거야

물이 많은 것을 내게 내밀며, 그 사람이 말했다

오수

그 아이를 개로 만들고 싶어서 나는 쓰기 시작했다 쓰다 보니 그것은 소설이었다 아름답고 아름다운 소설이었다

"그 아이는 개였다
하얗고 털이 많고 항상 혀를 내밀고 있다

그 아이는 운전을 잘하는 개여서
우리는 차를 타고 어디든 갔다

정말이지 사랑스러운 개였다
나의 품에 안겨서 자주 낑낑거렸다

석양이 질 때면 우수에 찬 개였고
머리를 기대어 앉으면 두 심장이 뛰는 밤이었다

어느 날 나는 나의 영혼을 견딜 수 없었다

그 아이가 너무 좋았다
나는 떨리는 마음으로 개에게 고백했다

사, 랑, 해

너무 떨려서 나오지 않는 목소리를 억지로 쥐어짜며
한 음절씩 끊어 말했다

그 아이가 나를 사랑한다고 말하지 않았다
자꾸 짖었다"

그것을 다 썼을 때, 어디선가 불이 났다 그것은 소설과는 무관한 일이었다 나는 나의 아름다운 소설을 보여 주고 싶었으나 그 아이는 개가 아니다

유형

아름다움을 돌려받고 싶어서 의사 선생님을 만나러 갔다
선생님 돌려주세요

선생님은 나를 걱정한다

저에게는 요새 심각한 치통이 있습니다 눈을 떠도 눈을 감아도 몸을 씻거나 일을 할 때도 아파요 너무 아파요

이것은 선생님이 나에게 털어놓은 말

그러면 우리 사이로 침묵이 날아와 책상 위에 가만히 앉는다

병원을 떠날 때는
선생님 이게 다 선생님 덕분입니다

나는 머리가 땅에 닿도록 허리를 숙이고

선생님은 나를 부담스러워 한다

채널링

비는 비의 모습을 지우고, 소리를 지우고,
그 부분이 비가 좋아하는 부분

분신사바가 끝나고
우리는 집으로 갔다

잘 모르는 선생님도 함께다

비가 올 때는 조심하세요 시야가 좁아서 교통사고가 일어나기 쉬우니까요
그러나 우리는 무사히 집에 도착했다

쫄딱 젖은 몸을 말리며
우리는 웃었다

이제 우리는 많은 것을 알고, 많은 것을 이해한다
무엇이 아름다운지, 무엇이 옳은지, 무엇이 선한지
우리는 구분할 수 있고

왜 새가 날아오를까 왜 갑자기 선반에 있던 물건이 떨어질까

대답할 수도 있다

밖에서는 비가 자꾸 내린다
시시하고 즐거운 비다

우리는 시시하고 즐거운 일들을 하기로 했다
그것들을 계획하면서 너무 신났다

비가 자꾸 내리고 여러 갈래로 물길이 갈린다
그게 어떤 식으로 이뤄지는지도 이젠 안다

밖에서는 비가 자꾸 내린다

잘 모르는 선생님이 우리에게 손짓한다

이 모든 일 이전에 겨울이 있었다

차에서 눈을 뜨면 바깥이 보이지 않는다 창을 닦으면 살짝 보이고 깜빡 잠들었구나 밖은 국경 너머 눈의 고장인 듯 아닌 듯 무인지경이다 무슨 일이 있었던 것일까 저 새하얀 눈은 언제 다 내렸을까 겨울도 아닌데 같이 웃고 떠들던 사람들이 보이지 않는다 그러나 그런 사람들은 원래 없었지 또 바깥은 보이지 않는다 창을 닦으면 또 살짝 보이고 눈은 오지 않는다 지금은 겨울이 아니니까 이제 겨울은 없으니까 예전에는 겨울이 있었다 국경도 있었다 안도 있고 밖도 있고 뛰어노는 애들도 있고 좋았다 그때는 눈도 터널도 나라도 다 있었으니까 그런 겨울도 있을 수 있었다 그런 날들이 있었다 그렇다면 저 새하얀 것들은 무엇일까 저걸 뭐라고 부르나 나는 대체 무엇으로 창을 닦은 걸까 또 바깥은 보이지 않는다 보이는 것은 모두 하얗다 보이지 않는다 눈은 내리지 않는 것이다 겨울은 이 세상에 없는 계절인 것이다 그렇다면 저 새하얀 것들은……

공포에 질려 있을 때 누군가 창밖에서 문을 두드린다

그렇게 써 봤지만 아무 일도 일어나지 않는다

종로사가

앞으로는 우리 자주 걸을까요 너는 다정하게 말했지 하지만 나는 네 마음을 안다 걷다가 걷다가 걷고 또 걷다가 우리가 걷고 지쳐 버리면, 지쳐서 주저앉으면, 주저앉은 채 담배에 불을 붙이면, 우리는 서로의 눈에 담긴 것을 보고, 보았다고 믿어 버리고, 믿는 김에 신앙을 갖게 되고, 우리의 신앙이 깊어질수록 우리는 깊은 곳에서 빠져나올 수 없게 되겠지 우리는 이 거리를 끝없이 헤매게 될 거야 저것을 빛이라고 불러도 좋다고 너는 말할 거다 저것을 사람이라고 불러도 좋다고 너는 말할 거고 그러면 나는 그것을 빛이라 부르고 사람이라 믿으며 그것들을 하염없이 부르고 이 거리에 오직 두 사람만 있다는 것, 영원한 행인인 두 사람이 오래된 거리를 걷는다는 것, 오래된 소설 같고 흔한 영화 같은, 우리는 그러한 낡은 것에 마음을 기대며, 우리 자신에게 위안을 얻으며, 심지어는 우리 자신을 사랑하게 될 수도 있겠지 너는 손을 내밀고 있다 그것은 잡아 달라는 뜻인 것 같다 손이 있으니 손을 잡고 어깨가 있으니 그것을 끌어안고 너는 나의 뺨을 만지다 나의 뺨에 흐르는 이것이 무엇인지 알아차리겠지 이 거리는 추워 추워서 자꾸 입에서 흰 김이 나와 우리는 그것이 아름다운 것이라

느끼게 될 것이고, 그 느낌을 한없이 소중한 것으로 간직할 것이고, 그럼에도 여전히 거리를 벗어나지 못하는 것, 그런 것이 우리의 소박한 영혼을 충만하게 만들 것이고, 우리는 추위와 빈곤에 맞서는 숭고한 순례자가 되어 사랑을 할 거야 아무도 모르는 사랑이야 그것이 너무나 환상적이고 놀라워서, 위대하고 장엄하여서 우리는 우리가 이걸 정말 원했다고 믿겠지 그리고는 신적인 예감과 황홀함을 느끼며 그것을 견디며 끝없이 끝도 없이 이 거리를 걷다가 걷고 또 걷다가 그러다 우리가 잠시 지쳐 주저앉을 때, 우리는 서로의 눈에 담긴 것을 보고, 거기에 담긴 것이 정말 무엇이었는지 알아 버리겠지 그래도 우리는 걸을 거야 추운 겨울 서울의 밤거리를 자꾸만 걸을 거야 아무래도 상관이 없어서 그냥 막 걸을 거야 우리 자주 걸을까요 너는 아직도 나에게 다정하게 말하고 나는 너에게 대답을 하지 않고 이것이 얼마나 오래 계속된 일인지 우리는 모른다

혼다

이상한 바람이 불고 있는 밤이다
죽음을 생각하면 네가 죽는다
조심해
굳게 닫힌 문을 보며 삼촌은 말한다
덜컹거리는 창문과 깜빡이는 조명들
문밖에 있는 것이 무엇인지
삼촌도 나도 모른다
방금 창가에 스친 그림자에 대해서도
모르기로 했다 삼촌의 숨소리가 지나치게 가까웠지만
나는 모른다
조용히 해야 해,
만약 저들이 우리를 본다면
우리가 발견된다면……
문밖에서는 발소리가 들리다 멀어진다
내 혀는 이미 굳었다
삼촌은 자꾸 말한다 소중한 것을 대하듯이
나를 쓰다듬으며
무서워하지 마
괜찮아

가만히 있어
괜찮으니까……
이제는 아무런 소리도 들리지 않는다
나는 죽음에 대해서 생각한다

예절

식당에서 밥을 먹고 나왔다

한 명의 점원이 의자를 두고 떠났다
청국장과 밥을 비벼서 먹었는데

맛이 좋았다

실내에서는 나무가 자라고 있었다
그것을 깨달은 것은

의자를 들고 식당을 나온 뒤였다

거리에서는 나무가 자라고 있었다
밝은 별이 어디에나 들고 있었다

배부르고 따뜻하니
졸음이 왔다

어디에나 나무가 자라고 있군

의자를 두고 떠나며

나는 생각했다

번성

“마음에 병이 나서 잎이 나서 나무가 되었습니다”

말을 마친 나무가 미소 짓는다 그걸 들으며 아니 그런 사연이, 나는 짐짓 놀라고

속으로는 믿지 않으면서도 듣고 있으면
어쩐지 눈물이 난다

“수목원에는 나무가 많다고 들었어요 거기에도 병든 마음이 많이 있어요?”
그런 말을 들었지만 대답하지 않았다

나무는 빛 속에 조용히 서 있었다 차가운 공기에 둘러싸인 채 느리게 생장하고 있었다

“수목원으로 갈 수 있다면 좋겠다고 생각해요”

이 말을 끝으로 나무는 더 이상 말을 하지 않았다 다만
이상스런 생기만을 뿜어내고 있었다

나는 문을 닫고 방을 나섰다

이 일은 사람들에게 알리지 않을 것이다

저녁의 게임

코트에 저녁이 내리고 있었다

저녁이 내린 코트에 비가 내리고 있었다 부서지는 것은 코트가 아니라 저녁이었고 난반사하는 조명이 저녁을 은폐하였다

우산을 쓰고 너와 걸었다
빗속의 코트를 가로지르는 학생들을 가로지르며

코트는 눈과 비에 훼손되지 않는 훌륭한 것이지만 흙탕물이 이리저리 자꾸만 튀는 것이고, 너는 이미 진흙투성이인 것이 되어서 걷고 있었다

이런 곳으로 데려와서 미안해
미안한 얼굴로 네가 말해서 아니야 기쁜걸 내가 답했다

우산을 쓰고 너와 걸었다 빗속의 코트를 가로지르며
진흙투성이의 어떤 인생을 생각하며

이 저녁에 부서지는 저녁을 보고 있었다

꺼지기 직전의 연약한 빛들이 코트 위에 고인 채 명멸하는 것이 보였다
저 멀리 빗속을 달리는 학생들이 보였다

저녁에 잡아먹히고 있었다

종의 기원

우리 할머니는 자주 하시고, 하시고 난 뒤의 할머니는 기분이 좋다 하시고 난 뒤의 할머니는 등목을 하시고, 머리를 다듬으시고, 인찬아 물 좀 끼얹어라 말씀하신다

어느 날인가 너무 어린 나는 땅바닥에 물을 쏟아 버렸다 할머니는 너무 어린 나에게 이 망할 것아 말씀하셨다 쏟아진 물은 이미 사라지고 없는데

아직도 나는 망하지 않았다

나는 언제쯤 망할까? 그것이 언제나 가장 궁금했다 사람들은 세상이 망하기를 언제나 바라고 누군가 망하기를 언제나 바라지만

개가 태어나고 나무가 자라고 건물은 높아지고 있다 하늘에는 비행기가 날아다니고 해와 달이 뜨고 지고 운석은 충돌하지 않는다

어느 날인가 너무 어린 나는 망해 버린 세상을 보았다

그것은 꿈이었는데

거기서도 할머니는 하고 계셨다 깨끗이 씻고 계셨다 늙고 늙은 몸을 거대하고 축 늘어진 가슴을 들어 올리며

우리 할머니는 아직도 하신다 백 년 동안 움직여 온 그 입술로 내게 망할 것이라는 말씀을 자꾸만 하신다

나는 망하지 않는다 살아서
있다

서정2

나무는 여름에 자라기로 결심했다 나무는 올여름에야 겨우 나무가 되었으나 자신이 언제부터 나무가 된 것인지는 잘 알지 못한다 나무는 종종 자신의 몸을 오르내리는 이것이 사슴벌레인지 아니면 장수하늘소인지 알고 싶다 나무는 서서 자는 나무, 나무는 아낌없이 주는 나무, 나무는 간혹 누워서 잠들고 싶었으나 나무에게는 의지가 없다 나무는 자꾸 자라고 나무는 여전히 나무에 그친다 나무는 여름이라는 것이 끝나면 무엇이 오는가 어떻게 되는가 궁금하기도 하고 무서워지기도 하였으나 나무는 그저 기다린다 나무는 기다리는 것 외에는 다른 것을 해 본 적이 없다 여름이 끝나고 오는 것을 뭐라고 불러야 하나…… 나무는 생각이라는 것에 빠져서 조용해진다 나무는 여름 속에서 자꾸 죽으려 하고 있었다 나무는 죽는 것에 가까운 것이 되고 있었다 나무는 이 여름이 가짜라는 것을 모르고 있다

너는 이제 시인처럼 보인다

너는 이제 거의 시인처럼 보인다 너는 은유를 쓰지 않는다 너는 이제 거의 시인처럼 보인다 너는 싸늘한 겨울 주머니에 담뱃갑이 든 코트를 부여잡지 않는다 너는 이제 거의 시인처럼 보인다 너는 혼자서 공원을 횡단하지 않는다 너는 이제 거의 시인처럼 보인다 너는 겨울나무가 얼마나 무심한 물건인지 추궁하지 않는다 너는 이제 거의 시인처럼 보인다 너는 무심코 도달한 거리에서 경탄하지 않는다 너는 이제 거의 시인처럼 보인다 너는 순진함을 진정성과 구분하지 않는다 너는 이제 거의 시인처럼 보인다 너는 어둑한 이 겨울에 집으로 떠나지 않는다 너는 이제 거의 시인처럼 보인다 너는 손이 얼어 가는 것을 무감하게 대하지 않는다 너는 이제 거의 시인처럼 보인다 너는 멀리 나는 새들의 이름을 외우지 않는다 너는 이제 거의 시인처럼 보인다 너는 저기 굴러다니는 작은 사물들이야말로 진정 아름다운 것이라 말하지 않는다 너는 이제 거의 시인처럼 보인다 너는 컴컴해서 앞이 보이지 않는 길을 친근히 여기지 않는다 너는 이제 거의 시인처럼 보인다 너는 어째서 이곳에 빛이 들지 않는지 그 이유를 밝히지 않는다 너는 이제 거의 시인처럼 보인다 너는 겨울과 세계에 혼자 있는 것에

만족하지 않는다 너는 이제 거의 시인처럼 보인다 너는 슬픔이 인생의 친척임을 인정하지 않는다 너는 이제 거의 시인처럼 보인다 너는 눈 덮인 도로에 발자국을 남기지 않는다 너는 이제 거의 시인처럼 보인다 너는 따뜻한 불 가에 앉아 혼령이 부유하는 것을 알아채지 않는다 너는 이제 거의 시인처럼 보인다 너는 담배에 불을 붙이지 않는다 너는 이제 거의 시인처럼 보인다 너는 한강의 겨울 오리들을 친구라고 부르지 않는다 너는 이제 거의 시인처럼 보인다 너는 옛 연인의 얼굴을 망각하지 않는다 너는 이제 거의 시인처럼 보인다 너는 "사랑한다" 말하지 않는다 너는 이제 거의 시인처럼 보인다 너는 이 겨울의 길이 지독하게 고독하다는 사실에 자신을 의탁하지 않는다 너는 이제 거의 시인처럼 보인다 너는 다리 위에서 몸을 던지지 않는다 너는 이제 거의 시인처럼 보인다 너는 그믐 아래 야습을 도모하는 미지를 원하지 않는다 너는 이제 거의 시인처럼 보인다 너는 내일의 불가능을 믿지 않는다 너는 이제 거의 시인처럼 보인다 너는 여전히 너의 집을 찾으려 하지 않는다 너는 이제 거의 시인처럼 보인다 너는 네가 서 있는 곳이 아직도 겨울밤의 공원인 것을 인정하지 않는다 너는 이제 거의 시인처럼 보인다 너는 거기까지만 쓰고 다음을 포기하지 않는다 너는 이제 거의 시인처럼 보인다 너는 너의 겨울 은유를 신용하지 않는다 너는 이제 거의 시인처럼 보인다 너는 "덥다" 말하지 않는다 너는 이제 거의 시인처럼 보인다 너는 겨울을 보지 않는다

노랑은 새로운 검정이다

"연구 대상으로 삼은 텍스트가 너무 아름다워서 눈물을 흘리고야 말았습니다"

발제자가 덧붙일 때, 아무도 웃지 못했다
모두 그것이 발제문의 일부인 줄로만 알았으므로

열차를 타고 돌아오는 내내 생각했다 아름다운 것을 연구 대상으로 삼는 사람들에 대한 생각이었다

그건 무슨 뜻이었을까 검은 머리의 나라에서 태어나,
백발이 될 때까지 써나 간 누군가를 연구한다는 것은……

열차는 서서히 선로를 벗어나고 있었다 차내의 사람들도 모두 검은 머리였고, 같은 나라의 말을 사용하고 있었다

창밖으로는 어두운 것과 밝은 것이 번갈아 지나갔다

이 모든 것들이
순식간에 지루해졌다

열차는 이미 선로를 벗어나 있었는데, 창에 비치는 것은 검은 머리와 검은 눈을 가진 남자 아이가 하나

그리고 또 다른 것이 있었다

그게 대체 뭐였더라? 그것이 무엇이었는지도 모르는 채로 나는 눈물을 흘리고야 말았습니다

열차는 완전히 선로를 벗어나 있었는데, 죽거나 다친
사람이 없었다

연역

가정이 어려우면 결심은 어려운 것이다 선생님은 대답을 기다리지만 생활이 모자라면 아무리 잡아당겨도 문은 열리지 않는 것이다 백묵이 말하지 않는 것과 흑판이 말하지 않는 것 이리저리 흔들리는 학생들이 있어 펼쳐지고 접히는 산출이 있는 것이다 그래서 이 문장이 가리키는 것은 무엇이냐고 선생님은 대답을 기다리다 죽었다 나는 종이 한 장 들고 집으로 간다 가정은 많이 어렵고 문은 활짝 열린다 여기로 들어오라고

2부
머리와 어깨

네가 아닌 병원

이곳은 네가 아닌 병원 책상이 있고 책상에 누가 누운 흔적이 있고 수백 개의 창이 있고 거기서 뛰어내리는 사람이 있는 이곳은 네가 아닌 병원 조용히 움직이는 초침이 있고 망상과 전망을 혼동하는 시인이 있고 점차로 잦아드는 들숨과 날숨이 있는 이곳은 네가 아닌 병원 낮과 무관한 밤이 있고 눈뜨지 않는 육체에 갇힌 영혼이 있고 창밖으로 무수하게 펼쳐진 마지막 잎새가 있는 이곳은 네가 아닌 병원 자주 아픈 사람은 병원에 자주 가고 계속 아픈 사람은 병원에 계속 있고 아프지 않으면 오지도 못하는

이곳은 네가 아닌 병원
아무런 비밀도 없는데 아무것도 알 수 없는 세계다

다정과 다감

한 사람이 자꾸 공원을 헤매는 장면을 상정해 본다 두 사람이 물 위에서 노를 젓는 장면을 병치해 본다 한낮의 공원, 하고 떠올리면 떠오르는 것들을 한낮의 공원이라는 말이 대신해 주고 있다

고수부지의 두 사람, 바글대는 여름의 날벌레들,
모두가 내린 버스에서 홀로 내리지 않는 한 사람 같은

그러한 장면이 이 시엔 없고

영화를 보는 장면이 갑자기 끼어든다 영화 속에서는 사람들이 죽는다 원래 죽기로 되어 있던 사람들이 죽는다 영화 밖에서도 사람은 죽지만 거기에는 자막이 없다

이 시에는 다른 어떤 시들처럼 사람이 등장하고,
그 사람이 아프거나 슬프거나 외롭지 않기를 바란다

다시 공원으로 나오면 잔디를 밟지 마시오, 라는 팻말이 보인다 그것을 반드시 따라야 한다 쓰인 순서대로 읽어야

한다 현대의 한국어 문장은 왼쪽에서 오른쪽으로, 위에서 아래로 진행된다

한낮의 공원,

이쯤에서 시선이 멀어지는 것이 좋다 새가 날아갈 수도 있고, 공원을 둘러싼 도로에서 벌어지는 일들이 삽입되기도 한다 아니면 더욱 멀리 가거나, 그 모든 가능성을 열어 둔 채 시를 끝낼 수도 있지만

잔디를 밟지 않으려고 어디로도 가지 않고
잔디의 주변을 서성이는 사람이 슬프지 않다

그렇게 써도 슬픈 것은 어쩔 수 없다

여름 연습

무정한 포유동물과 무심한 조류들이 이곳에는 많았는데
무료한 식물들을 손 내밀어 만져 보면
왠지 소름이 돋았다

나는 걸었다

흐르는 땀을 의식하지 못하는 채로 새인지 벌레인지 우는 소리를 듣지 못하는 채로 숲길이 무너지고 있는 것을 보지 못하는 채로

이 여름을 벗어나지 못하고 있었다

격발되는 것이 있다면 격발되는 것이고 죽어 가는 것이 있다면 죽기로 된 것이다 총소리가 들릴 이유가 없는데 총소리가 들리는 것은

또 어떻게 된 일일까

나는 계속 걸었고 나는 계속 먹었고 나는 계속 쉬기만

했다 그러다 보면 총소리가 또다시 들려왔는데 쓰러지는 것이 없었다

무고한 벌레들이 내 눈으로 자꾸 들어오려 하고 있었다
여기서 뭘 하면 좋을까 할 수 있다면 좋을까
정말 그럴까

인간으로 있는 것이 자주 겸연쩍었다

무엇인가 자꾸 내 눈 밖으로 나오려 했는데 완전히 망가진 이 여름 속에서 그랬다

조율

추운 겨울 저녁, 너는 나의 왼팔에 매달려 있다
"뭘 하고 싶어?"

너는 묻고
그건 아직 일어나지 않은 일이다

"우리는 아름다운 숲속을 거닐게 될 거야"

그건 이미 일어났던 일이고

우리는 걷는다
여름밤 주택가에 늘어선 가로등을 따라

대체 무슨 일이 일어나고 있는 것인지는 말하지 않는다

"겨우 집에 왔구나"

그건 일어나지 않는 일이야,
나는 속으로 조용히 말하고

“우리 이제 뭐할까?”

아무 일도 없었다는 듯 너는 묻는다

소실

해변에 가득한 여름과 거리에 가득한 여름과 현관에 가득한 여름과 숲속에 가득한 여름과 교정에 가득한 여름 물 위에 앉은 여름과 테이블 맞은편의 여름과 나무에 매달린 여름과 손 내밀어 잡히는 여름 잡히지 않는 여름

눈을 뜨니
여름이 다 지나 있었다

그래도 여전히 선풍기는 돌아간다 등이 젖은 남자애들이 내 옆을 지나가고 무성하게 자라난 잡초들을 뽑는 이가 있다 창가에 걸어 놓은 교복은 빠르게 말라 가고

또 보다 많은 것들이 수챗구멍 속으로 빨려 들어갔다
오래도록 그것을 지켜보는 이가 있었다

이 손을 언제 놓아야 할까
그 생각만 하면서

실내악이 죽는 꿈

이 이야기는 항상 거실에서 시작된다 거실에 내가 있고 또 그가 있을 때, 둘이 있다는 것만으로 적당한 긴장감이 갖춰지고 그것이 전부라고 느껴질 때,

대체 이 음악은 어디서 들리는 거죠?
그런 질문이 소파 한구석에 내려앉는다

"수조에 있는 저 녀석을 봐, 죽어 가고 있어, 돌아왔을 때쯤엔 죽어 있겠군"

아주 훌륭하면서도 불길한 화음으로만 구성된 음향이 거실을 장악했기에 우리의 마음은 극심한 무력감에 시달리게 되고, 이 이야기는 우리 삶에 갑작스레 틈입해 오는 어떤 불안에 대한 이야기가 된다

소파를 벅벅 긁어 대는 고양이나
신경질적인 시계 소리는 아무것도 말해 주지 않는다

그와 나에게 달리 할 말이 남아 있는 것도 아니다 그러

면 이제 이 이야기는 강릉에서 처음 만났다는 사람과 목포에서 처음 만났다는 사람이 다투는 이야기가 되었다가,

다시 도서관에서의 입맞춤과 밤 골목에서의 입맞춤이 엇갈리는 이야기가 된다

"기억나? 해운대에서 처음 만나 입 맞췄을 때, 너무 긴장한 나머지 네 입술을 깨물어 피가 났잖아"

"아니야, 그때 우리는 손을 잡고 그냥 걸었어"

그가 꺼내 온 앨범에는 두 사람의 아름다운 순간들과 행복이 넘치던 기억이 간직되어 있다 한 번 가 보고는 다시 돌아가지 않는 곳들, 오래된 절과 외국의 거리, 겨울의 산이거나 여름의 바다,

그 앞에 서서 웃고 있는 사진 속 두 사람의 얼굴은 음악이 만들어 내는 균형 잡힌 선율에 섞여 우리의 불안을 가라앉히고

갑자기 음악은 그것으로 끝나 버린다

그러면 이제 이 이야기는 우리 삶에 갑자기 틈입해 오곤

하던 어떤 음악에 대한 이야기가 되고,

그는 알아차리는 것이다 수조에서 살아 움직이던 생물들이 온 힘을 다해 헤엄치다 결국 힘을 다해 버린 것을

우리 삶을 구성하는 여러 요소들이
서서히 고조되거나 혹은 가라앉으며

우리에게 약간의 침울함을 느끼게 하고 있다는 것을

그러다 갑작스레 무엇인가의 파열음이 들리게 되고, 그러면 깜짝 놀라게 되고, 둘러보면 아무것도 달라진 게 없더라는 식의

이야기가
이야기가 시작되고,

이 이야기는 빈 공간을 구성하고 싶어 하고,
두 사람이 멍청한 표정으로 서로를 마주보고 있는 채로

이 이야기는 순진하게 시작된다
거실에서, 항상 거실에서

공증

내가 밥을 먹다 말고 화장실에 들렀을 때 네가 문을 열고 소리를 질렀다

화장실을 나오면 너는 없고 양치식물만 무성하다 파래도 너무 파랗다 수치심을 모르는 것 같다

네가 나의 가슴을 손에 쥐고 입을 맞추면 나는 울며 사력을 다해 너를 밀곤 했는데

그것은 어느 평일 저녁만 있는 삶에 대한 것

공중에 백 마리의 새가 있다면 백 개의 시선이 이곳을 보겠지

다 식은 밥과 국을 먹었다 식탁보는 어제 새로 맞춘 것이고 무척이나 깨끗하다

백한 개의 시선이 공중에 떠 있었다

휴가

창밖으로는 물이 보인다 아주 넓고 많은 물이다

바닷가에 가족들과 갔던 날, 물새들에 둘러싸인 채 겁에 질려 울음을 터트렸던 날

세상에 아무도 없다고 느꼈는데,
그건 그냥 느낌이었다

제주도로 수학여행 갔을 때, 너라는 고통이 죽을 때까지 계속되리라 생각했는데 그냥 느낌이었다

밖에 나가 회를 먹고 불꽃놀이를 하다 돌아왔다
잠깐 누웠다가 까무룩 잠들었다

창밖으로는 아무것도 보이지 않는다

누군가의 옷을 걸치고 바닷바람을 맞았다 멀리서 어선 하나가 말도 안 되는 빛을 내뿜고 있었다

밤의 바다란 이렇게나 아름다운 것일까 저렇게까지 아름다운 것은 원래 저렇게 불길한 것일까 생각했는데

어어 저거 불난 거 아냐?
누군가 외쳤고

눈을 떴을 때 나는 인간으로 가득한 지하철 안이었다

머리와 어깨

광화문에서 새로 나온 문예지를 읽으며 지난 계절 발표한 시에 대해 혹시 누가 뭐라 말했나 살펴보고 나면 이제는 할 일이 없군요

허리가 자주 아파서 안마사를 찾아갔군요 두 시간에 십이만 원이지만 항상 세 시간동안 마사지를 해주시는 아주머니였군요 자세가 안 좋으면

모든 게 안 좋아요
그런 말씀을 하셨군요

지방의 학생들 앞에서 시에 대해 말할 때는 시를 쓰면 머리가 아프고 허리가 아파요 머리 없이 허리 없이 어깨가 움직여요 울다 왔군요 많이 울었군요

그래요 압니다
다 압니다

쓸쓸한 나무에는 쓸쓸한 열매가 맺히나요 그런 말은 믿

지 않는군요 무엇을 보고 무엇을 배웠나요 그건 몰라요 그런 말을 그리도 길고 재미없게 하는군요

아직도 시를 쓰고 있군요 어깨가 움직이고 있군요 시가 싫어서 미치겠는데도 지겹다고 자꾸 새처럼 짖으면서도 왜 쓰는지도 모르는군요

"혁명이, 철학이 좋았다
머리 있으니까 더 머리 있으니까"

누군가 말을 걸고 있는데도 그걸 모르는군요 혹시 시인 아니시냐고 묻는 사람이군요 굳이 못 알아듣는 척을 하다 맞다는 말을 하는군요

그 사람은 알겠다고 하고 바로 떠나는군요
그래요 압니다

다 압니다
모든 게 안 좋아요 언젠간 좋아질 테지만

은유

저녁과 겨울이 서로를 만진다 초등학교 구령대 아래에서
누가 볼까 두려워하며

겨울이 저녁을 움켜쥐고, 저녁이 약간 떨고, 그 장면은
기억에 있다

어두운 운동장이 보인다 기울어진 시소와 빈 그네도 보
인다 아무도 보이지 않는 세계가 보인다

누가 우릴 본 것 같아, 저녁이 말했고
겨울이 저녁을 깨물었다 그러자 저녁이 검게 물들고

그 장면은 기억과 다르다
장면이 모이면 저녁이 되고, 기억이 모이면 겨울이 되는,

그런 세계에서

너무 어린 나는 늙어간다
늙어 버릴 때까지 늙는다

이 학교는 나의 모교이며, 나는 여기서 따돌려지고 내쫓겼다 말하고 보니 정말로 그랬다는 생각이 들었다

그것은 저녁의 기억
겨울이 저녁을 핥았는데 그것은 기억 속에서의 일이었다

저 멀리서 손전등의 불빛이 다가올 때는
구원받았다는 생각이 들었는데

그것은 누구의 기억인가 그것이 마지막 기억이었다

물산

이곳은 내가 오래도록 살아온 마을이고 개나 고양이가 많이 살고 있다
"슬픈 개는 꼬리를 왼쪽으로 흔든다 행복한 개는 오른쪽으로 흔든다"
그 말을 들은 이후로 개의 꼬리를 유심히 보게 된다
공원에서, 학교에서, 주택가에서
홀로 걷는 개들과 목줄을 매고 걷는 개들
언제부턴가
나는 오른쪽과 왼쪽을 구분할 줄 알고, 무엇이 슬픈지 분간할 수 있게 되었다
어느 날 개 한 마리가 우리 집 마당에 찾아왔다
얼결에 밥을 주고, 무심코 머리를 쓰다듬으며
개는 나와 함께 살게 되었다
개는 자주 오른쪽으로 꼬리를 흔들었다 가끔 왼쪽으로 흔들기도 했다
비가 오는 날이면 밖으로 나갔다
오른쪽으로 흔들리는 꼬리와 온종일 걸었다
그리고 또 어느 날의 밤,
잠들어 있는 개를 보았는데 꼬리를 왼쪽으로 흔들고 있

었다
그걸 보며 나도 퍽 슬펐던 기억이 난다
이후로는 개의 꼬리를 일부러 보지 않게 되었다 개가 꼬리를 왼쪽으로 흔들면 슬퍼지니까
어느 날 밤비가 조금씩 내릴 때, 나는 작은 개집에 웅크리고 들어가
내내 잠들어 있었다
일어나, 일어나, 오른쪽으로 흔들어도, 아무리
흔들어도
깨지 않았다

풍속

내가 되고 싶었던 것은 부자의 아내 창밖으로는 삶이 부서지지 않는 풍경이 펼쳐져 있고, 복도에 울려 펴지는 내 아이의 이름이 있는

내가 되고 싶었던 것은 너의 사촌 형 일 년에 한 번, 머나먼 시골집에서 너를 만나고, 두 사람의 비밀은 죽을 때까지 어른들에게 알리지 않을 것이다

내가 되고 싶었던 것은 뒷산의 돌무덤 아름다운 세계가 자꾸 이곳에 있고, 항상 까닭 모를 분노에 시달리던 어린 시절도 다 지나갔다

내가 되고 싶었던 것은 내가 되고 싶었던 것
하지 말아야 할 것은 해서는 안 되는 것

눈을 뜨면 아침이 오고, 익숙한 한기가 발밑을 맴돈다
누군가 문을 두드렸지만 열지 않았다

건축

친척의 별장에서 겨울을 보냈다 그곳에서 좋은 일이 많았다 이따금 슬픔이 찾아올 때는 숲길을 걸었다 그러나 여기서 그때의 일을 말하지는 않을 것이다

그보다는 어떤 기하학에 대해, 마음이 죽는 일에 대해, 건축이 깨지는 순간에 대해 이야기하고 싶다

이 시는 지난여름 그와 보낸 마지막 날로부터 시작된다

"이리 나와 봐, 벌집이 생겼어!"

그가 밖에서 외칠 때, 나는 거실에 앉아 있었다 불 꺼진 거실에 한낮의 빛이 들이닥쳐서 여러 가지 무늬가 바닥에 일렁였고

"어쩌지? 떨어트려야 할까?"

그가 물었지만 대답하지 않았다 벌집은 아직 작지만 벌집은 점점 자란다 내버려 두면 큰일이 날 것이다 그가 말했지만 큰일이 무엇인지는 그도 나도 모른다

한참 그는 돌아오지 않는다 벌이 무섭지도 않은 걸까 그것들이 벌집 주위를 바쁘게 날아다니고 육각형의 방은 조

밀하게 붙어 있고 그의 목소리가 언제부턴가 들리지 않아 무섭다는 생각이 들 때

"하지만 벌이 사라지면 인류가 멸종한댔어"

돌아온 그가 심각한 얼굴로 말하던 것을 기억한다

그때쯤 여름이 끝났던 것 같다

여름의 계곡에 두 발을 담근 두 사람이 맨발로 산을 내려왔을 때,

늦은 오후에 죽어 가는 새의 체온을 높이려 애썼을 때,

창을 열어 두고 외출한 탓에 침대가 온통 젖어 어두운 거실의 천장을 바라보며 잠들었을 때,

혹은 여름날의 그 어느 때,

마음이 끝났던 것 같다

다만 나는 여름에 시작된 마음이 여름과 함께 끝났을 때에 대해 말하고 싶었다 그러나 그것이 정확히 언제였는지는 도무지 알기가 어렵고

마음이 끝나도 나는 살아 있구나

숲길을 걸으면서 그가 결국 벌집을 깨트렸던 것을 떠올렸다 걸어갈수록 숲길은 더 어둡고
가끔 무슨 소리가 들리기도 했다

그리고 이 시는 시간이 오래 흘러 내가 죽는 장면으로 끝난다

그때는 아름다운 겨울이고
나는 여전히 친척의 별장에 있다

잔뜩 쌓인 눈이 소리를 모두 흡수해서 아주 고요하다
세상에는 온통 텅 빈 벌집뿐이다

그런 꿈을 꾼 것 같았다

역사 수업

아무도 없는 교실에 수업을 하러 왔다 애들이 아직 오지 않아 큰일이다

나는 수업을 한다
잘 아시겠지요? 물어보면

아무도 없는 교실에 아무도 하지 않는 대답이 있다 아무도 앉지 않는 책걸상도 있다

나는 출석부를 읽는다
하얗게 비어 있는 출석부다

아무도 나쁘지 않은 이름들이고 아무도 불행하지 않은 교실이다 내가 교실을 나가면

수업이 끝나겠지 나는 교실에 있다
교실은 있다

아무도 없는 교실에 종이 울리고 아무도 학교를 떠나지 않고 요새는 정말 애들이 큰일이다

돌 돌보기

자연석 박물관에는 어디에나 돌이 있군 자연석 박물관이 아닌 곳에도 어디에나 돌이 있다 그곳에 나는 혼자 서 있었고, 선한 이가 죽으면 몸에 돌이 남는다 착하게만 살아온 내가 죽어서 아무것도 없으면 어떻게 하지?

그렇게 말하던 친구는 내 옆에 없다
몸속에 돌이 생겨 올 수 없다고

여름이 오지 않는 이 서늘한 곳에서 자연석 전문가는 땀을 흘리고 있었다 돌 앞에 적힌 이름을 하나씩 설명해 주며 새하얀 입술을 떨고 있었다

어떤 돌은 눈물을 흘리기도 합니다

그것은 너무나 낮고 떨리는 목소리여서 나는 그가 내게 고백이라도 하는 줄 알았다

눈물이요?
눈물이요

거대한 위기가 찾아오면 돌은 웁니다 자연석 전문가는 자꾸만 흐르는 땀을 자꾸 닦으며 말을 했지만 나에게는 아무런 할 말이 없다

나는 작위적으로 늘어선 아름다운 돌들 사이를 걸었다
돌에도 기원이 있고 이름이 있다는

자연석 전문가의 말을 떠올리며 석영과 규암, 화강암과 대리암, 감람석과 섬록암…… 따위의 이름을 발음해 보며 어째서인지 자꾸 떨리는 입술을 억지로 진정시키며

친구의 이름이 적힌 돌 앞에 한참을 서 있었다

거기서 무엇을 보고 왔느냐 묻는 친구에게
아무것도 보지 않았다고 말해 주었다

유사

네가 죽는 꿈을 꿨는데 아무렇지 않았다 눈을 떴을 때 제주도는 여전히 푸른 밤이었고
주머니에는 작은 돌 하나가 들어 있었다 예쁘다며 네가 호들갑 떨던 물건이다

너는 어디로 갔을까

밖으로 나가니 검은 모래가 하염없이 일렁이고 있었는데 다시 보니 바다였다
사람들은 어두운 바다를 보며 감탄했다 놀랍다고, 아름답다고 소리를 지르는 연인들과 가족들

왜 어두운 바다는 무엇인가 부서지는 소리가 나나

네가 죽는 꿈을 꾼 이후로는 너를 만날 수 없었다 그 후로는 영원히 모래가 되어 흐르는 바다가 있고, 주머니 속에는 너무 오래 쥐어 미지근해진 돌이 있고

사람들은 어두운 바다 속에 잠들어 있다

마음은 자꾸 흩어지기만 하고

십만 대의 비행기가 떠오르고 멈추고, 마음은 자꾸 흩어지기만 하고, 사람들이 모여서 보고 있었다

박수를 치면서 깜짝 놀라면서 감동받아 울기도 하면서
모두 다른 생각을 하면서

십만 대의 비행기의 십만 개의 비행이 공중을 덮어서
사실 이곳은 아주 캄캄했다

사람들의 마음속에서 그런 일이 있었다 십만 대의 비행기가 십만 개의 공중을 덮어 버리는 일이었다

이러한 일을 상상하는 것은 아주 쉽지만
사람들은 모여서 보고 있었다

기억은 거기서 끝난다

이곳은 아주 캄캄하지만 저것은 십만 대의 비행기가 아니고 십만 개의 비행이 아니다

나는 떨어지면서 생각했다

십만 대의 비행기가 떠오르고 멈추고, 마음은 자꾸 흩어지기만 하고, 사람들이 모여서 보고 있었던

그건 전부 한낮의 꿈이었구나

이상한 일은 아무리 손을 쥐어 봐도 네 손이 여전히
거기에 있다는 것이었다

아름다운 마음들이 모여서

어느 날의 수업 시간, 내가 좋아하던 아이가 내게 속삭이듯 말했다

"나는 곧 죽을 거야. 나는 네가 참 밉다."

머지않아 그 애는 전학을 갔고 그 애를 다시 보는 일은 없었지만 나는 생각했다

좋은 일을 하면서 살아야 한다고

그 애가 없는 저녁의 교실을 혼자 서성이다 본 것은 저 너머의 작은 산이었다

작은 산이 무너지고 있는 것이었다

세계의 끝이 아니고, 누군가의 죽음도 아닌 일이 일어나고 있었는데

나는 한 가지 일만 계속 생각하고 있었다

무정

고통은 유리의 마음속에 있다 보았기 때문에 유리는 아프다 아프기 때문에 유리는 보았다 유리에게 차고 슬픈 것이 어려 있다

그것은 지난밤의 일 전봇대가 달리던 자동차와 부딪혔다 형채는 선명과 입을 맞췄고 정수는 밤새도록 건물 옥상에 서 있었다

그때에도 유리는 슬프지 않았다 그것은 매일 밤 다신 없을 일처럼 일어나고 아무렇게나 반복되는 것 유리는 슬프지 않았다

유리야, 유리야, 난 네가 제일 예뻐, 어느 눈 오는 아침 민아가 말할 때에도 유리는 슬프지 않았는데…… 슬픔은 언제 어디서 찾아왔을까

자신이 녹는다는 것을 알아 버린 눈이 전력을 다해 서서히 녹아내릴 때, 유리는 생각을 했다 다 녹고도 남아 있는 눈의 흰빛을 받으며 생각을 했다

유리가 보는 것은 유리에 비친 것들에 대한 생각이고
유리의 마음속에는 고통이 있다

유리는 알 것 같다 이 차고 슬픈 것 알아 버리는 순간은 와 버리는 것 같다 그렇게 생각이 만들어질 때, 달리던 자동차와 추락하는 눈들이 부딪혔다

떨어진 눈은 살아 있다
유리는 깨지고 있다

초록 문 앞

봄을 생각하며 조용히 졸고 있는 할머니는
언제나 꿈에 마귀가 나타난다고,
당신을 자꾸 데려가려 한다고
하셨지
그러나 초록 문 앞에 서 있는 것은 마귀가 아니라
내 자전거이고,
나는 자전거 타는 법을 모르고 있었다
굽은 능선을 따라 자전거가 지나가고 나무들의 초록이 지나가는구나
계속 내 앞에 당도하려 드는 것은 바로 그 초록이다
내가 자전거를 그만둔 것은 아주
어렸을 때의 일
그때도 할머니는 졸고 계셨다 따스한 빛이 드는 문 앞에 앉아 계셨다
이제는 폭염과 폭우가 반복되던 여름이 거의 다 지났다
봄을 생각하며 조용히 졸고 있던 할머니는
언젠가 진짜
마귀가 나타난다고 당신을 데려간다고
그건 진짜라고

진짜로 진짜라고
하신다

숙이의 정치

숙이는 사랑이 창밖에 내리는 빗물 같다

비 내리는 오후에 숙이는 그렇게 생각한다 그것은 슬픔에 대한 생각이나 아픔에 대한 생각이 아니었다 그것은 생각이 아니었다

그렇다면 그것은 무엇일까……
몰라도 숙이는 집을 나선다

거리에는 창이 많구나 아이들이 놀라요, 눈으로만 구경하세요 폐업 정리 사장님이 미쳤어요 서울에서 두 번째로 싼 집 창에 쓰인 것을 하나씩 따라 읽으며

숙이는 생각한다 밤이 오기 전에는
결정을 내려야 한다

하지만 아케이드는 너무 길고, 아무 가게도 찾지 않는데 자꾸 무슨 가게가 찾아진다 이 거리에선 늘어선 창들이 쏟아진다거나 익숙한 거리에서 길을 잃는다거나 하는 일은

일어나지 않는다
비가 멎었을 때는 애들이 유리창에 얼굴을 붙인 채였고

뭘 사지, 무엇을 사야 하지 망설이는 아이가 하나 그것이 그것이라고 말하는 아이가 하나 결정을 내려야 한다 결정이 내려지지 않는다면……

버스를 타고 집으로 돌아갈 때는 환승이라고 말하는 목소리가 들리고
창밖으로는 아무것도 떨어져 내리지 않는다

숙이는 생각한다 사랑이 창밖에 내리는 빗물이라면, 뺨 위로 흐르는 이것은…… 그것은 생각이 아니었고,

결정은 이미 내려져 있었다

한 해에는 천 마리 이상의 새가 창문에 부딪혀 죽는다

방금 새가 창문에 부딪혀 죽었다
간단한 평일의 오후에는 그런 일도 생긴다

초인종 소리가 들려 문을 열었다 문밖에 있는 것은 나의 어머니였다

제대로 된 것을 먹고 살아야지

어머니는 닭볶음탕을 건네주셨다
이것을 먹고 살아야 한다고 하셨다

어머니가 차려 주신 저녁을 먹으며 이야기했다
앞으로는 교회에 좀 나오라고
얼마 남지 않았다고

해파리냉채는 시고 매워서
먹기가 불편하였다

어머니를 배웅하고 집으로 돌아왔다

새가
또 한 마리 창문에 부딪혀 죽어 있었다

종로삼가

오늘은 이미 첫 끼를 먹었다 밀린 빨래를 하고 밖으로 나온 것이 오랜만의 일이다 병원을 가려고 밖으로 나왔다 걷다가 노인에게 두들겨 맞는 고교생을 보았다 걷다가 물웅덩이가 도로 위에 끝없이 고여 있는 것을 보았다 걷다가 내게 인사하는 미래의 자식도 보았다 못 본 새 많이 컸구나 그런 생각을 하며 병원엘 갔다 앞으론 아이를 가질 수 없다는 말을 들었다 의사에게는 처방을 받고 약사에겐 약을 받아 나왔다 약은 식후에 먹는 것이다 오늘은 이미 첫 끼를 먹었다 집에 돌아가니 벙어리 노인이 나를 맞아 주었다 빨래는 어딜 갔는지 보이지 않는다

종로이가

길을 건너는 사람이 맞은편에서 걸어오는 사람을 지나친다 두 사람은 그들이 그들 자신의 인식을 아득히 초월하는 운명으로 묶여 있음을 그들이 죽기까지 모른다

새는 난다 자신이 죽어 가는 줄을 다른 새들이 알도록 하는 방식으로 난다 그 아래를 지나가는 것은 어느 새의 죽음을 알아차리는 새들이다

아파트 복도에서는 품이 걸어가고 있었다 그는 이십 대 후반의 베트남 인이고 몇 달째 급료를 받지 못해 자신이 사장을 죽일 수도 있다고 생각한다

공은 잠시 어리둥절해 하고 있다 쓰레기봉투를 내놓기 위해 잠시 집을 비운 사이 켠 적 없는 가스레인지에 불이 들어와 있었다

무언가 끓는 소리를 듣는 것은 방의 개다 방은 말이 없는 여자였다 대부분의 사람들은 방이 말을 하지 못한다고 믿었으나 그녀는 종교적 이유로 침묵하고 있을 뿐이다

길을 건넌 사람이 죽은 것은 개 한 마리가 너무 이상한 방식으로 걷고 있어서였다 그는 그러한 광경을 본 적이 없다 그는 이후로 그러한 광경을 보지 못했다

어떤 사람이 나무에 기대 앉아 그의 인생에서 가장 중요한 생각을 떠올렸다 그는 그것을 누군가에게 말하거나 행하지 않은 채 가슴속에 묻기로 했다

오늘은 종로에 나가야지 그런 생각을 하는 작은 아이가 종로에 도달하지 못한 채 집으로 돌아갔다 남영역을 지나가는 국철의 불이 꺼진다

전주

탁자는 다리가 넷
나는 다리가 둘

나는 걷고
탁자는 걷지 않고

새는 다리가 둘이다
새는 날아다니고

너는 다리가 둘
탁자는 다리가 넷

이 모든 것에 의미가 있을 거야
아니면 없을 거야

다리가 넷 달린 개 한 마리가
총총총 앞을 지나고

이 모든 일을 알고도 탁자는 가만히 있다

반주자

내가 건물을 떠나자
피아노가 뒤늦게 건물에
도착했다 비와 눈을
맞지 않았다 벼락을 버티지도
않았다 저 혼자 남아서
외롭지도
않았다 느닷없이 세상이
망하고 내가
건물로 돌아와서
피아노를
발견했다 그것을
조심스럽게 두드리자
소리가 났다
아름다운 뿔
나팔
소리였다

지국총

호수 공원의 주변을 걷고 있었다 아이를 잃은 엄마가 엄마를 잃은 아이처럼 걸어간다 나는 연인을 기다리고 있었다 어떤 사람들은 물 위에서 노를 젓고 어떤 사람들은 물 위를 걷는 주말이다 물 위의 사람들은 신나 보이는군 호수 공원의 주변을 걸으며 나는 생각했다 공원의 모두가 은총 아래 있다 나란한 산책로를 따라 걸어가는 노부부도 물 위를 홀로 걷는 고독한 남자도 모두 완전하다 나는 은총 아래 연인을 기다렸다 주말 오후의 빛이 공원을 비춘다 돌이킬 수 없는 평화가 공원에 서려 있다 호수 공원의 주변을 걷고 있었다 연인은 물속에서 나올 줄을 모른다

측정

거실은 어둡고 거실에서는 약간의 물 냄새가 난다 아무것도 연상시키지 못하는 어둠과 냄새다 녹조가 이렇게 불어날 줄은 몰랐는데

조금씩
조금씩……

수조 속에서 무엇인가 열심히 자라고 무성해지다 어느 순간 다 죽었다 이것은 그가 어느 날 충동적으로 가져온 것이고 그때 그는 말했다

작은 것들을 키우며 소박하게
살자, 우리

어느 날 거실에는 수조와 나, 그렇게 둘뿐이었다 그는 어디로 갔는지 소식이 없고 언제쯤 오려나 나물을 무쳐 놨는데, 거실에는 이제 터지기 직전의 초록이 있다

작고 작은 달팽이가 유리 벽면을 따라 서서히

서서히 점액질의 무엇인가를 남기며 움직였다

소박하게, 자꾸만 그랬다

동시대 게임

그는 재잘거리기를 좋아하는 평균 신장과 체중의 한국인이다 그는 내 품에 안겨서 멍청한 표정을 짓는 사랑스러운 서울 출신의 이십대 남성이다

책을 읽어 주면
금세 잠이 들곤 했다 피곤한 하루였으니까 따뜻한
불을 쬐고 있으면 눈이 서서히 감기고야 마니까

"들어 봐, 내가 이상한 기사를 읽었어"
— 물리학자들, 신의 입자 발견
"대체 그게 뭔데?"
"나도 몰라"

그는 그렇게 말하고는 내 품에 파고든다 더 파고들 것이 없는데도 무엇인갈 더욱 원한다는 듯
나는 그가 무겁다고 생각하며 두 팔로 그를 안았는데

밖에서는 눈이 내린다
전쟁 중이라고는 믿을 수 없을 정도로 하얀 눈이다

"이 정도의 눈을 보는 건 처음 있는 일이야"

난로가 내뿜는 열과 빛이 실내의 온기를 순환시켰다 차가운 것이 뜨거워지고 뜨거운 것이 다시 차가워지는 동안 그는 여전히 나에게 안겨 있었다

"뭐해?"
"네 숨소리 들어"
"시시해"

나도 그래,
말하는 대신 나는 창을 열었다 그러자 전쟁 중이라고는 믿을 수 없을 정도로 하얀 눈이 실내에 들이닥쳤다

무엇이라 말할 수 없을 정도로 희고 차갑고 작은 것들이 공중에서 녹아내릴 때,
사랑스러운 한국인 남성인 그가 불안하면서도 여전히 무엇인갈 바라는 눈으로 나를 보고 있었다

3부
이것이 시라고 생각된다면

이것이 시라고 생각된다면

해 질 녘 복도를 홀로 걸어가던 어린 날의 기억에 대해 이야기해야 한다 잠들기 전 올려다본 천장의 어둠 너머에 무언가 중요한 것이 숨어 있기라도 한 것처럼

사랑에 빠진 두 사람은 자신들을 둘러싼 크고 작은 사물과 사건들, 부드럽고 따뜻한 대기 현상이 일으키는 여러 감정들에 대해 말하려 한다

다섯 살 난 조카가 다가와 인생의 비밀을 털어놓을 때는 너무 작아서 거의 들리지 않는 목소리만이 전해져 오고, 알겠다며 같이 놀라는 시늉을 해야만 한다

그 모든 것이 세계의 깊숙한 곳과 연결된 것처럼
혹은 전혀 무관할 수 있다는 것처럼

어린 나는 어두운 복도를 지나 무작정 집을 나선다 어디로도 향하지 않았는데 자꾸 어딘가에 당도하는 것이 너무 무섭고 이상하다

조도

현관문을 열었는데 흠뻑 젖은 네가 있었다

"빗속에서 네 생각을 했어, 밖은 너무 추웠다" 심하게 몸을 떨며 너는 내게 말하고 현관문 너머로는 쾌청한 날씨다 물기라고는 조금도 보이지 않는다

"여긴 좋은 냄새가 나는구나, 향기로운 미역국 냄새야 잠깐 들어가 몸을 녹여도 좋을까 너를 잠깐만 안을 수 있을까" 그렇게 말할 때는 문틈으로 바람이 들어오고

옷 속에 닿는 바람이 너무 미지근해서 죽고 싶은 기분이 든다 죽고 싶은 기분은 죽음과는 너무 무관해서 거실에는 물 흐르는 소리가 들리고 너에게서는 젖은 개 냄새가 나고

너의 어깨 뒤로는 잘 모르는 일들이 일어난다 "들어갈 수 있을까, 내가 들어갈 수 있을까" 네가 하지 않은 말이 실내에 울리고

열린 문 사이로 너와 내가 마주하고
문은 영원히 닫히지 않고

차갑고 검은 물이 문 안쪽에서 자꾸 맴돈다 밖에서는 누가 얼른 들어오라고, 빨리 들어오라고 외치고 있다

기록

천사가 이곳에 있다 추위가 심해지니까 알 수가 있다
호하고 입김을 불면 창가에 천사가 있다
겨울이 오면
이 좁고 작은 집으로 내려와 앉는 천사다
빛이 드는 곳 어디에
천사는 앉아 있다
우리들 마음에 빛이 있다면
그곳 어디에도 있겠지
그러나
지금은 일요일
어디에나 슬픔이 고여 있고 차가운 빛이 실내를 가득 채
우고 있다
식탁에는 치우지 않은 접시들, 창틀에는 오래 묵은
먼지들
지금은 천사가 창틀에 앉아
나를 내려다보며 웃고 있다
나는 그 이유를 모른 체 하며
같이 웃는다
사물의 선명한 윤곽이 이곳에 있고 까슬까슬한 모포의

감촉이 이곳에 있고
분명한 것은
이 겨울은 끝나지 않는
겨울이라는 것
나는 점차로 가라앉는다
천사가 이곳에 있다
무엇인가 기다리고 있다 천사가 나를
내려다보며 웃는다
내가 죽기만을 바라고 있다

영원한 친구

이 시는 알아차리는 것으로부터 시작합니다
불 꺼진 가로등 아래로 걸어가는 저 사람 죽겠구나
오늘 밤이구나

몇 개의 문장을 더 쓰면 저녁이 오고 밤이 오고 겨울이 옵니다 몇 개의 문장은 더 쓰입니다 겨울밤에 죽기로 결심한 사람은 장을 보고 돌아와서 차를 마시고

차분한 마음으로 오늘 있던 일을 다 적습니다
차는 천천히 식어갑니다 열은 원래 흩어지는 것입니다
이 시는 그것을 알고 있습니다

몇 개의 문장을 더 쓰면 저 사람은 집을 떠나고, 몇 개의 문장을 더 쓰면 불이 꺼집니다 몇 개의 문장을 더 쓴다면 겨울밤 불 꺼진 가로등 아래로 걸어가는 저 사람이 걷는 모습이 나타나겠지요

불 꺼진 가로등 아래로 걸어가는 저 사람
써 놓고도 구분이 되지 않는 어둠 속에서 걷고 있습니다

오늘은 죽어야지, 생각하면서
씩씩하게 잘 걷습니다

몇 개의 문장을 더 쓰면 마음이 편안해지고, 몇 개의 문장을 더 쓰면 몸이 굳어 갑니다 몇 개의 문장을 더 쓰면 이 시는 끝이 날 겁니다

그러나 몇 개의 문장은 자꾸만 쓰이고, 자꾸만 걷고, 씩씩하고 용감하게, 겨울밤은 자꾸만 추워지고,

몇 개의 문장을 더 쓰면
몇 개의 문장은 더 쓰이지 않고

그래도 사람은 걷고 시는 계속되고 겨울의 밤입니다
차가 따뜻하군요

이 시는 여기까지입니다
감사합니다

종로오가

탁자를 쾅쾅쾅 내리치면 모두가 이쪽을 본다 거기에 무슨 재미가 있을까? 그건 중학생도 모르지만 중학생은 탁자를 내리치는 데 중독되었다

중학생은 이 거리에서 태어나고 이 거리에서 자랐다 중학생은 거리의 생활을 안다 거리의 생활은 아름다운 것들이 급속도로 피었다가 흔적도 없이 사라지는 생활이다

어느 날 중학생은 거리에서 아름다운 중학생을 보았다

두 사람이 보고 나온 영화는 반복되는 하루를 그린 영화였다 중학생은 중학생에게 묻는다 좋았어? 잘 모르겠어 나는 이 영화를 제일 좋아해 중학생이 엄숙하게 말했다

교실에 빈자리가 없었는데도 중학생들 사이에서는 중학생이 거리를 떠났다는 소문이 돌았다

이제는 밤이다 얼른 돌아가지 않으면 혼날 시간인데 소방차가 엄청난 소리를 내며 달려간다 중학생은 중학생의

손을 잡고 싶다

중학생은 무엇인가가 무엇인가를 두드리는 소리를 들었다 그런 소리는 거리 어디에나 있었다 거리 어디서나 무엇인가 무엇인가를 두드리고 또 두드리고 있었다

중학생은 중학생과 거리를 걸었다 그것은 아름다운 일이다 아름다운 중학생이 아름다운 중학생과 아름다운 거리를 걷고 있었다 그들의 뒤를 따르는 중학생도 있었다

중학생은 교실에 앉아 있다 중학생은 속으로 이건 너무 시시하다고 생각한다 세상이 생각과 너무 달랐다 의외로 세상은 선량하구나 중학생은 노트에 적어 보았다

모두가 중학생을 보고 있다 중학생은 탁자를 다시 세게 내리쳤다

산물

겨울 뒷산에 사촌들과 놀러 갔다
지방의 겨울은 무료하니까

……

머지않아 모두 하얗게 질려 있었다
마음이 여린 이는 울기도 했다

누가 알았겠느냐고
빨리 잊자고

겨울 뒷산에 사촌들과 땅을 팠다
흙 대신 눈이 쌓이고 있었다

몇 년 뒤 가보니 작은 연못이 생겨 있었다
들여다봐도 보이는 것은 없다

너의 아침

너의 아침은 이제 두 개의 머리가 마주보는 것
너의 아침은 이제 다른 이의 숨소리와 시작되는 것

너의 아침은 이제 열리고
너의 아침은 이제 차오르고

너의 아침은 이제 두 사람의 온기로 따뜻해진 침대에 "잠깐만 더" 말하며 몸을 묻는 것

너는 안다

뜨거운 백사장에 어지럽게 흩어진 발자국들이
어떤 식으로 지난밤의 기쁨과 슬픔을 그려 내고 있는지

그리고 그것들이
어떤 식으로 다시 아침의 빛과 어울리게 되는지

너의 아침은 이제 슬픔을 모르고
너의 아침은 이제 사랑하는 것만을 사랑하는 것

너의 아침은 이제 창을 통해 내려오는 빛의 무늬가 잠든 이의 얼굴에 어른거리는 것을 내려다보는 것
그 얼굴에서 너의 가장 큰 기쁨을 발견하는 것

너에게는 아침이 있다

그것은 이제 너의 아침으로부터
두 사람의 아침으로 천천히 이동하는 것

너에게는 아침이 있고
그것은 앞을 향해 움직인다

너는 안다

너의 내일을, 천천히 새로워지는 너의 아침을,
모든 것
둘과 하나, 그 모든 것을

사랑이 끝나면 우리는 법 앞에 서 있다

오후가 끝나고 수업이 끝나고 교문 밖으로 나오던 중학생들이 끝났다 거리가 끝나고 어린 개 하나가 끝나고 다른 하나가 거길 떠나지 못하다 끝났다 가로수와 가로등이 끝나고 말할 수 없는 슬픔이 끝나고 앰뷸런스의 사이렌이 끝났다 적막이 끝나고 소요가 끝나고 어둠이 끝났다 공포에 질린 측백나무가 끝나고 지루함이 끝나고 사물의 짧은 역사가 끝났다 그 어린 장난이 영영 끝났다

우리는 법 앞에 서 있었다
판결이 끝났다

인덱스

동네의 오래된 폐가였다

이곳에 오면 미래의 연인을 만날 수 있다는 그러한 말을 나는 믿었다

숨을 쉬면 빛이 흩어지는 곳이었고 어두운 데로 무엇인가 몰려가는 곳이었다

나는 자정이 오기를 기다렸다 그러자 내일이 왔다

이 어두운,

아무도 없는 집에서 나는 알았다 내 사랑의 미래가 거기에 있고 지금 내가 그것을 보았다는 것

나는 깜짝 놀라서 집을 나왔고

이제부터 평생 동안 이 죄악감을 견딜 것이다

■ 작품 해설 ■

폐쇄회로의 시니시즘

장이지(시인)

방법론적 단조로움

『구관조 씻기기』(2012)의 시인 황인찬이 돌아왔다. 그는 '포스트모던'의 신인으로서는 우리 문학계에서 독보적인 위치를 점하고 있다. 첫 시집에서 이미 '신 없는 세계에서의 불안'이나 '자기 인식에 대한 회의'와 같은, 신인답지 않게 중후한 세계관을 선보임으로써, 그는 일약 2010년대의 가장 중요한 시인으로 발돋움했다. 그러나 한편으로 그의 시는 '유사한 프레임의 반복'이나 '점착성 없는 건조한 언어'라는 스타일 상의 한계를 가지고 있다는 비판도 아울러 받고 있다. 이 장점과 단점이 이번 시집에서는 어떻게 서로 길항하면서 새로운 국면을 보여 줄 것인지 하는 것이 이번 시집의 관전 포인트다.

우선 쉽게 눈에 띄는 것은 패러디의 활용이다. 이번 시집에서 그는 정지용의 「유리창」, 이상의 「가정」, 김수영의 「절망」, 「눈」, 어효선 작사의 동요 「파란 마음 하얀 마음」 등을 시에 끌어들이고 있다. 그의 패러디에서 내가 느낀 것은 강한 자신감이다. 이렇게 유명한 작품들을 패러디하는 데 있어서 딱히 각주를 붙일 필요는 없기도 하지만, 그는 각주 없이 선배들의 작품을 패러디한다. 그 방식이 선배들에게 빚진 것이 없다고 하는 자신감으로 읽히는 것이다. 김수영의 「절망」을 패러디한 「멍하면 멍」에서는 특히 "풍경이 풍경을 반성하고/ 곰팡이 곰팡을 반성하고" 이렇게 모든 것을 다 반성해야 할 것으로 몰아가는 평단에 대한 불만의 목소리가 그려지고 있다. 그는 "잘할 수도 있지만 잘못하기로 했어요"(「멍하면 멍」)라고 제법 반항적인 포즈를 취한다. 이제 그는 한국문학사와 겨룰 수 있다는 자신감을 갖게 된 것이 아닐까. 내게는 그것이 근거 없는 자신감만은 아닌 것으로 여겨진다.

또 하나 중요한 것은 '생각하다'와 '말하다'의 활용 빈도다. 이번 시집에서 그 두 동사의 출현 빈도는 매우 높다. 그것은 그의 시 세계를 단조로워 보이게 한다. 어휘, 구, 절의 반복도 많다. 그것은 반복되는 일상이라는 의미론적인 세계를 통사론적인 차원에서 백업하려는 의도에서 의식적으로 행해진 것이다. 그러니까 이번 시집은 '생각하다-말하다'가 만들어 내는 개인적이고 폐쇄적인 시트 위에 '일상'의 이런저런 패턴들을 수놓은 것이 되지 않을까 예측해 볼 수 있다.

그의 '단조로운 세계'는 징후적으로 읽어 볼 여지가 있다. 어쩌면 그것은 1990년대 중반 이후 커뮤니케이션의 회로가 다양해지는 것에 반비례하여 획일화한 아키텍처를 반영하고 있는 것인지도 모른다. 그런 점에 있어서도 그는 동시대를 대표하는 시인임에 틀림없다.

그에게는 포스트모던의 시대적 징후를 민감하게 읽어 내는 사유의 깊이가 있고, 또 그것을 시적인 표상으로 응축시키는 순발력도 있다. 예를 들어 「종로」 연작이 그러하다. 가히 이 연작으로 그는 자신의 시가 한국문학사와 겨룰 만하다고 생각했을 것이다.

종로

황인찬은 종로일가에서 오가까지를 재현하는 단순한 방식을 취하지는 않는다. 그의 방식은 고현학(考現學)과는 관계가 없다. 그의 시에는 어떤 랜드마크도 필요 없다. 일상의 소음, 일상의 회화, 사소한 것처럼 보이는 사건 등이 그의 질료다. 그는 '종로'를 하염없이 걷는다. 그러나 그의 시는 '종로'를 초월한 것이거나, '종로'와는 무관한 것이다.

'종로'가 현실의 그것이 아니라면 도대체 무엇인가. 그는 '종로'란 "오래된 거리"(「종로사가」)라고 주장한다. 누구나 '종로'에 대해 안다. '중학생'조차 "거리의 생활을 안다"(「종로오가」)고 할 수 있을 정도다. '종로'에서는 모든 일이 이미 정해진 수순에 따라 일어난다. '종로'에서 우리는 위안을 얻는다. 물론 그것은 이미 널리 알려진 방식의 위안이다. 「종로오가」의 '중학생'은 "이건 너무 시시하다"고 생각한다. 「종로사가」의 '나'는 '너'와의 관계에 매너리즘을 느낀다. 이와 같은 염증이 "얼마나 오래 계속된 일인지 우리는 모른다"고 사가의 '나'는 생각한다. 그 반복되는 일상 속에서 일가의 '나'는 왠지 이유도 없이 늙어 버린 것 같은 착각에 사로잡힌다. "할아버지" 하고 누가 부르자 '나'는 뒤를 돌아본다(「종로일가」).

'오래된 거리'인 종로는 우리를 억압하는 '전통'에 다름 아니다. 그는 이 '오래된 전통' 앞에서 실망하고 분노한다. 새를 팔고 싶어서 찾아간 곳에서 사람들은 '나'를 외면하고, '나'는 왠지 살의를 느낀다(「종로일가」). 물론 그것은 느낌으로 끝나는 것이지만 말이다. 권위주의적인 '노인'들은 젊은이들을 이해하지 못하고, 권위주의적인 '의사'는 너희들 대(代)에서 한국문학은 끝나리라고 악담 비슷한 진단을 내린다(「종로삼가」). "자신이 죽어 가는 줄을 다른 새들이 알도록 하는 방식"으로 '새'가 날지 않는다면 그것은 지탄의 대상이 된다. "너무 이상한 방식으로" 걷는 '개'를 본 행인은 길 위에서 죽는다(「종로이가」). "반복되는 하루를 그린 영화"를 보고 친구는 감탄하지만 '중학생'은 그것이 '빤한' 이야기일 뿐이라고 생각한다(「종로오가」).

기존의 문학이 일종의 '매뉴얼'로 전락하는 순간을 그는 전혀 의외의 의장(意匠)으로 구현해 낸다. '종로'라는 지명은 표면적으로는 그의 시에 박진감을 더해 주지만, 심층적으로 그것은 그의 시를 현실 사회와 분절시키고 탈역사적인 지점으로 이끈다. 그렇게 함으로써 그는 오히려 폐쇄적인 공간으로서의 '기존의 문학적인 전통=종로'의 초월성을 폭로한다. 기존의 문학적인 전통이야말로 사회와 절연된 곳에서, 역사와 단절된 곳에서 부단히 자기 증식을 해온 폐쇄 회로에 불과하다는 것을 그는 '종로'라는 폐쇄 공간을 통해 보여 준다.

우리들의 이야기, 일상 그리고 연애

이것은 문학의 전통이 한낱 '매뉴얼'에 불과하다는 것을 알아 버린 자의 기록이다. 국가나 사회가 우리에게 더 이상 삶의 원리로서의 '이야기'를 제공해 주지 못하고, 전통에마저 기댈 수 없을 때, 우리는 어떤 포즈를 취하여 이 난관을 뚫고 나갈 수 있을 것인가. 황인찬은 '시니시즘'의 자세를 취한다. '너'의 다정한 말에서 연애의 과정을 개관하면서도 묵연히 그것을 지켜본다든지, 빤한 영화에 감동한 '동급생'을 동정적인 시선으로 본다든지 하는 것 말이다. 그는 정답을 알고 있으면서도 상대를 계몽하려 들지 않는다.

그러나 문득 그는 온전히 스스로 자기만의 이야기를 만들어 내야 한다는 중하(重荷)를 느낀다. 그것은 서정적 자아에 의해 통합된 세계, 즉 서정시의 전통과는 확연히 변별되는 '이야기'로 이어진다. 예를 들어 그의 시에는 '캐릭터들'이 등장한다. 「희지의 세계」, 「두희는 알고 있다」, 「숙이의 정치」 등의 시에 드러난 이름들은 그가 만드는 이야기의 '캐릭터들'이다. 그의 시에 드러난 '이름들'은 실재(實在)가 아니라는 점에서 독자를 배신한다. '이름들'이 지시하는 쪽으로 거슬러 가다 보면 마땅히 있어야 할 실재가 없는 것이다. 그렇다고 그의 '이름들'이 어떤 알레고리적인 기능을 수행하고 있는 것도 아니다. 그의 '이름들'은 언제나 다른 것으로 대체할 수 있다. 그것들은 '인찬'으로 바꿔 불러도 좋은 것이다(「종의 기원」). 실질적으로는 '익명'에 지나지 않은 것들을 그가 고집스럽게 '이름'으로 부르는 것은 자신의 작업이 다른 어떤 것이 아니라 '이야기 만들기'임을 티 나게 내세우기 위한 방편이다. 그것들은 '종로'가 그렇듯이 사회와 단절되어 있고, 탈역사성을 띠고 있다. 그들 '캐릭터들'은 "이러한 생활도 오래되었다"(「희지의 세계」)에서도 드러나 있는 '영속되는 이야기=일상'의 빈칸들을 채워 나가는 역할을 한다.

그의 시에서 '나-너'의 이자(二者) 관계 역시 정도의 차이가 있을 뿐 궁극적으로는 캐릭터의 차원에 놓여 있다. 이 이자 관계야말로 그의 독창적인 스타일이다. 그는 비유를 통해 동일성을 추구하는 대신 이자 관계로 긴장감을 증폭시킨다. 「동시대 게임」에 등장하는 '그'와 '나'의 관계 역시 그렇다. '그'는 평균적인 신장과 체중의 20대 한국인으로 설정되어 있다. '그'는 가끔 '내' 품에 파고들고 무엇인가 갈망하는 눈빛으로 '나'를 응시한다. 마치 미소년(?) 연애 시뮬레이션 속의 이야기처럼 「동시대 게임」은 불온한 면이 있다. '이자 관계로 그려진 그의 연애담'은 문학의 전통이 '매뉴얼화'한 것처럼 어딘지 '매뉴얼'의 냄새가 난다. 그것 역시 일종의 폐쇄 회로다. '생각하다-말하다'가 만들어 내는 개인적이고 폐쇄적인 발화 게임은 그 자체로 '히키코모리적인 세계'를 창출한다. '미연시의 공략집'을 보아 버린 것처럼 '뒤'가 보인다. 이 '뒤'가 보이는 연애담의 발화 게임을 보고 있노라면, 괜히 매너리즘에 빠진 '문학판'이 떠올라서 '뒤'가 켕긴다. 그는 상대를 관찰하듯 바라본다. 상대를 개관하고 있다. 어느 쪽으로 보아도 상대하기 까다로운 '중학생'이다.

시작과 끝

그렇다면 황인찬의 '일상'이나 '나-너의 이자 관계가 만들어내는 히키코모리적인 세계'는 가치 있는 것일까. "그렇게 써 봤지만 아무 일도 일어나지 않는다"(「이 모든 일 이전에 겨울이 있었다」)고 그는 쓴다. "열차는 완전히 선로를 벗어나 있었는데, 죽거나 다친/ 사람이 없었다"(「노랑은 새로운 검정이다」)고도 쓴다. 그는 아무 일도 일어나지 않는 세계를 그린다. 그의 시에서 문학적인 사건은 우스개일 뿐이다. 그에게는 비일상의 기록으로서의 문학의 전통은 타기해야 할 대상이다. 그는 문학을 일상으로 끌어내린다. 그는 일상적으로 이야기를 만든다. 「오수」, 「실내악이 죽는 꿈」, 「건축」, 「영원한 친구」 등의 시에서 그는 '이야기의 시작과 끝'에 대해 언급한다. "이 이야기는 항상 거실에서 시작된다"(「실내악이 죽는 꿈」)거나 "그리고 이 시는 시간이 오래 흘러 내가 죽는 장면으로 끝난다"(「건축」)거나 하는 식이다.

물론 그의 시에는 '죽음'과 같은 비일상적인 사건도 있다. "나는 죽음에 대해서 생각한다"(「혼다」)거나 "네가 죽는 꿈을 꿨는데 아무렇지 않았다"(「유사」)거나 '천사'가 "내가 죽기만을 바라고 있다"(「기록」)거나 하는 식의 죽음에 대한 기술이 그의 시에는 많이 나온다. 그러나 그에게 '죽음'은 비일상이 아니라 일상의 일부분일 따름이다. "오늘은 죽어야지" 하고 생각하는 사람이 실제로 죽는다고 해도 일상은 중단되지 않는다. “그래도 사람은 걷고 시는 계속되고” 그는 차가 따뜻하다고 말한다(「영원한 친구」). 분신사바로 불러 낸 “잘 모르는 선생님”(「채널링」)은 그의 시에 등장하는 인물들에게 큰 위협이 되지 않는다. “잘 모르는 선생님”이 ‘우리’에게 손짓하고 있는 조금 무서운 순간에도 ‘우리’는 “시시하고 즐거운 일들”을 하자고 하면서 즐거워한다. ‘할머니’가 아무리 ‘망할 놈’이라고 통바리를 놓아도 ‘나’는 망하지 않고 계속 일상을 살아간다(「종의 기원」).

그의 ‘일상’이 반드시 어떤 일관성을 가지고 제시되는 것은 아니지만, 어떤 가치를 그의 ‘일상’에서 발견하고자 한다면, 바로 이 ‘시시하고 즐거운 것의 추구’ 쪽에 주목할 필요가 있다. 그것이 ‘죽음’이나 ‘끝’을 개입시킴으로써 얻어진 것이라는 점도 간과할 수 없는 부분이다. 일상은 언제까지고 계속 이어질 것 같지만, 일순 증발해 버리는 특성이 있다. 일상에는 내구성이 없다. 그렇기 때문에 오히려 순간적인 일상에 충실해야 한다고도 말할 수 있다. 그는 그것을 일찍이 깨달은 시인이다. 그리고 이러한 깨달음을 시적으로 실천하여 성공한 것은 그의 경우 이외에는 얼른 떠오르지 않는다.

불가지적인 것과 히키코모리적인 세계

'나-너의 이자 관계가 만들어 내는 히키코모리적인 세계'는 기실 황인찬 시에 있어서 첫 시집부터 이어져 온 상수다. 그는 자주 '불가지적인 세계'에 대해 언급한다. "너의 어깨 뒤로는 잘 모르는 일들이 일어난다"(「조도」)라든지 "무슨 일이 있었던 것일까"(「이 모든 일 이전에 겨울이 있었다」), 혹은 "아무런 비밀도 없는데 아무것도 알 수 없는 세계다"(「네가 아닌 병원」)라고 그는 무심결에 고백한다. 그리고 그것은 '결정/행동의 유보'로 귀결된다. 예를 들어 "그는 자꾸 내 연인처럼 군다 이럴 땐 어떻게 해야 할지 모르겠다"(「실존하는 기쁨」)고 하는 식으로 되는 것이다. 심지어 「너는 이제 시인처럼 보인다」에서 '너'가 '시인'처럼 보이는 것은 아무것도 하지 않을 때에 한(限)한다.

세계의 불가지성에 대한 거듭된 그의 언급은 'IMF 체제 이후 사회의 불투명성'을 반영한다. '사회의 유동성'이 커짐에 따라 '열심히 하면 삶의 의미를 찾을 수 있는 세계'는 퇴행하고, '열심히 해도 삶의 의미를 찾을 수 없는 세계'가 도래한 것이다. 이러한 상황에서 사회에 나가 무언가 선택하고 결정하게 된다면 어떻게 될까. 열심히 해도 삶의 의미를 찾을 수 없다고 하는 정도가 아니라, '열심히 하면 반드시 잘못을 범해 누군가에게 상처를 입히게 된다'고 하는 불안이 앞서게 된다. 누군가에게 상처를 입히느니 차라

리 내면으로 침잠하여 거기에 틀어박히는 것을 택하는 '심리주의적인 태도'는 바로 그러한 불안, 자기실현에 대한 극도의 혐오에서 나온다. 일본에서는 「신세기 에반게리온」의 '이카리 신지(碇シンジ)'라는 캐릭터에서 그와 같은 시대상을 읽어 내기도 한다(우노 쓰네히로(宇野常寛), 『제로연대의 상상력』, 하야카와 쇼보, 2011). 아버지에게 인정받기 위해 '신지'는 '에반게리온'이라는 거대 로봇에 오르지만, 이내 회의에 빠져 '에반게리온'에 오르는 것을 거부하고 자기 내면으로 침잠해 간다. 아버지가 속해 있는 조직의 불투명성이나 그 자체로 불가지성의 세계에 있는 미스터리의 사도(使徒) 등은 '신지'로 하여금 판단 유보의 회색 지대로, 히키코모리의 세계로 퇴피하게 한다. 한국의 상황이 반드시 일본과 같은 것은 아니지만, 황인찬이 '나-너의 이자 관계'에 틀어박히는 것은 역시 그와 같은 맥락에서도 점검해 볼 만하다.

물론 이것은 그의 시에만 해당하는 문제는 아니다. 그와 동시대의 젊은 시인들의 시에 나타나는 '주체의 퇴조'는 '이카리 신지의 고민'과 어느 지점에선가는 닿아 있다. 아무도 정의가 무엇인지 가르쳐 주지 않고, 그 참고점이 될 만한 전통도 이미 매너리즘(=매뉴얼화)에 빠져 버린 상황에서 그들은 몸을 숨기고 대상을 관조하고 사태를 관망하는 데 머물게 된 것인지도 모른다. 그러나 그렇다고 하더라도 그 와중에 모두가 자기만의 이야기를 누구의 도움도 없이 만들어 내고 있는 것은 아니거니와, 한국문학사와 대결하는 황인찬의 박력과 패기는 그중에서도 단연 돋보이는 것이 사실이다.

학교와 시니시즘

황인찬이 구축한 세계는 '거대한 학교'처럼 보인다. 「조물」, 「연역」, 「역사 수업」, 「아름다운 마음들이 모여서」, 「사랑이 끝나면 우리는 법 앞에 서 있다」 등의 시들이 모두 '교실'을 배경으로 하고 있다는 것은 우연이 아니다. 딱히 학교를 배경으로 하고 있지 않은 경우에도 그의 시에는 '선생님'이라는 호칭이 자주 등장한다. 그의 주변에는 그를 가르치려드는 '선생님'이 많이 있는지도 모르겠다. 그러나 그를 가르치려는 모든 노력은 수포로 돌아간다. 그의 시에는 '가르치다'의 세계만 있지 '배우다'의 세계는 결여되어 있다. 그는 그저 저 차가운 도시 소년의 얼굴로 돌아가서는 팔짱을 낀 채 이 편을 관찰하듯이 바라볼 뿐이다. 모든 것이 끝나 버렸고, 우리는 법 앞에 섰으며, 그 판결조차 이미 끝나 버렸다고 말하는 「사랑이 끝나면 우리는 법 앞에 서 있다」에서 그의 얼굴에는 조금 격한 감정이 드러나기도 하지만, 대개의 그는 감정을 나타내지 않고 예의 '히키코모리의 예절'에 따라 유보적인 태도를 취한다.

그는 '매뉴얼화'한 전통을 비웃고 어떤 가르침도 부정하지만, 급진적인 아방가르드로 나서려고 하지는 않는다. 그의 시에는 비일상이 없는 것이다. 심지어 유리창에 부딪혀 죽는 새가 하루에 두 마리나 있다고 해도, 그는 그것을 일상의 소사(小事)로 소화해 버린다(「한 해에는 천 마리 이상의 새가 창문에 부딪혀 죽는다」). 부정하면서도 '선생님들'의 시를 끌어와 자기 시의 질료로 삼는다. 다만 '선생님들'의 '이야기', 혹은 그 '매뉴얼'까지를 떠맡으려고는 하지 않는다. 포스트모던에 있어서 그러한 시니시즘적 자세도 하나의 삶의 기법이 될 수 있을 것이다.

그는 아직 진화의 도상에 있다. 첫 시집을 낼 무렵만 해도, 나는 그가 저 '구원 없는 세계'와 '종교적 분위기'에서 어떻게 헤어나올까 하는 의구심을 품고 있었다. 그러나 그는 어느 날 '종로'에 대해 쓰고 있다고 즐거워했다. '종로'와는 별로 상관이 없어 보이는 시에 '종로'라는 제목을 달아 놓고 사뭇 신난다는 듯한 표정을 짓고 있었다. 그리고 '이름들'이 연이어 나오고 그는 '일상'과 '연애'에 대해서도 쓰고 있었다. 그는 모던의 세계를 '시니시즘의 등배 뛰기'로 비스듬히 넘어갔다. 몇몇 '중학생들'이 아름다운 그의 뒤를 밟고 있었다. 그러나 그는 그(들)에게 따라잡히지는 않을 것이다. 그의 걸음걸이를 따라할 수는 있겠지만, 그의 세계관을 이해하는 것은 결코 만만한 일이 아니기 때문이다. 나는 그의 '폐쇄회로의 시니시즘'에서 '표준화석의 아름다움'을 본다. 그러나 나는 그가 여기에 안주하리라고는 보지 않는다. 그는 영원히 '중2'에 머물 수는 없으며, 회오의 시간, '죄악감'(「인덱스」)의 시간은 뜻밖으로 길다는 것을 안다. 그는 한국문학사를 부정하면서도, 결국 부정하는 대상의 일부가 되어 가는 자기 자신을 '인덱스' 같은 데서 보았는지도 모른다. 그러므로 더 이상 여기에 머물러 있을 수 없는 것이다. 끝은 있고 판결은 이미 내려졌다. 이제 또 다른 "시시하고 즐거운 일들"을 찾아 떠날 시간이다.

지은이 황인찬

1988년 경기도 안양에서 태어났다.
중앙대학교 문창과를 졸업했으며
2010년《현대문학》신인 추천으로 등단했다.
제31회 김수영 문학상을 수상했으며
시집으로 『구관조 씻기기』가 있다.
현재 '는' 동인으로 활동 중이다.

희지의 세계

1판 1쇄 펴냄 2015년 9월 18일
1판 17쇄 펴냄 2024년 7월 9일

지은이 황인찬
발행인 박근섭, 박상준
펴낸곳 (주)민음사

출판등록 1966. 5. 19. (제16-490호)
서울특별시 강남구 도산대로1길 62(신사동)
강남출판문화센터 5층 (우편번호 06027)
대표전화 02-515-2000 / 팩시밀리 02-515-2007
www.minumsa.com

ⓒ 황인찬, 2015. Printed in Seoul, Korea

ISBN 978-89-374-0834-2 04810
978-89-374-0802-1 (세트)

* 잘못 만들어진 책은 구입처에서 교환해 드립니다.

민음의 시 목록

169 **타인의 의미** 김행숙
170 **귀 없는 토끼에 관한 소수 의견** 김성대
171 **고요로의 초대** 조정권
172 **애초의 당신** 김요일
173 **가벼운 마음의 소유자들** 유형진
174 **종이** 신달자
175 **명왕성 되다** 이재훈
176 **유령들** 정한용
177 **파묻힌 얼굴** 오정국
178 **키키** 김산
179 **백 년 동안의 세계대전** 서효인
180 **나무, 나의 모국어** 이기철
181 **밤의 분명한 사실들** 진수미
182 **사과 사이사이 새** 최문자
183 **애인** 이응준
184 **얘들아, 모든 이름을 사랑해** 김경인
185 **마른하늘에서 치는 박수 소리** 오세영
186 **ㄹ** 성기완
187 **모조 숲** 이민하
188 **침묵의 푸른 이랑** 이태수
189 **구관조 씻기기** 황인찬
190 **구두코** 조혜은
191 **저렇게 오렌지는 익어 가고** 여태천
192 **이 집에서 슬픔은 안 된다** 김상혁
193 **입술의 문자** 한세정
194 **박카스 만세** 박강
195 **나는 나와 어울리지 않는다** 박판식
196 **딴생각** 김재혁
197 **4를 지키려는 노력** 황성희
198 **.zip** 송기영
199 **절반의 침묵** 박은율
200 **양파 공동체** 손미
201 **온몸으로 밀고 나가는 것이다** 서동욱·김행숙 엮음
202 **암흑향暗黑鄕** 조연호
203 **살 흐르다** 신달자
204 **6** 성동혁
205 **응** 문정희
206 **모스크바예술극장의 기립 박수** 기혁
207 **기차는 꽃그늘에 주저앉아** 김명인
208 **백 리를 기다리는 말** 박해람
209 **묵시록** 윤의섭
210 **비는 염소를 몰고 올 수 있을까** 심언주
211 **힐베르트 고양이 제로** 함기석
212 **결코 안녕인 세계** 주영중
213 **공중을 들어 올리는 하나의 방식** 송종규
214 **희지의 세계** 황인찬
215 **달의 뒷면을 보다** 고두현
216 **온갖 것들의 낮** 유계영
217 **지중해의 피** 강기원
218 **일요일과 나쁜 날씨** 장석주
219 **세상의 모든 최대화** 황유원
220 **몇 명의 내가 있는 액자 하나** 여정
221 **어느 누구의 모든 동생** 서윤후
222 **백치의 산수** 강정
223 **곡면의 힘** 서동욱
224 **나의 다른 이름들** 조용미
225 **벌레 신화** 이재훈
226 **빛이 아닌 결론을 찢는** 안미린
227 **북촌** 신달자
228 **감은 눈이 내 얼굴을** 안태운
229 **눈먼 자의 동쪽** 오정국
230 **혜성의 냄새** 문혜진
231 **파도의 새로운 양상** 김미령
232 **흰 글씨로 쓰는 것** 김준현
233 **내가 훔친 기적** 강지혜
234 **흰 꽃 만지는 시간** 이기철
235 **북양항로** 오세영
236 **구멍만 남은 도넛** 조민
237 **반지하 앨리스** 신현림
238 **나는 벽에 붙어 잤다** 최지인
239 **표류하는 흑발** 김이듬
240 **탐험과 소년과 계절의 서** 안웅선
241 **소리 책력冊曆** 김정환
242 **책기둥** 문보영
243 **황홀** 허형만
244 **조이와의 키스** 배수연
245 **작가의 사랑** 문정희
246 **정원사를 바로 아세요** 정지우
247 **사람은 모두 울고 난 얼굴** 이상협
248 **내가 사랑하는 나의 새 인간** 김복희
249 **로라와 로라** 심지아
250 **타이피스트** 김이강
251 **목화, 어두운 마음의 깊이** 이응준
252 **백야의 소문으로 영원히** 양안다
253 **캣콜링** 이소호
254 **60조각의 비가** 이선영
255 **우리가 훔친 것들이 만발한다** 최문자